GRÜNVERSCHLOSSENE BOTSCHAFT

Broschierte Neuauflage 1989

Reproduktion, Druck und Bindung F. Sochor · Printed in Austria
ISBN 3-7017-0605-0

H. C. Artmann

Grünverschlossene Botschaft

90 Träume

gezeichnet von
Ernst Fuchs

Residenz Verlag

I

Im herzen einer grille das cello zu streichen, ist ein häufiger traum und anlaß zur hoffnung, geld zu erwerben, gesetzt daß die grille von einer wachtel verspeist wird, die wachtel aber von einem lamm, das lamm von einem wolf, und dieser wieder von einem hungernden admiral, den seine meuternde flotte an der küstenebene von Oregon ausgesetzt hat. Dann tönt das cello in den eingeweiden admiral Boyds, du erwachst und schreibst, deine eigene musik noch im ohr, die zahl *eins*.

2

Träumst du von einem hut, und dem wüchsen flügel und verbänden sich mit deinem kopf zu einer lebensgemeinschaft, und sie trügen dich, *dein ganzes körpergewicht am halse*, in das dorf der kannibalen, und man wetzte bereits das funkelnde messer vor deinen augen, und der messerhändler zählte grinsend sein geld, und die frau des koches erhöbe dessen weiße mütze wie eine schimmernde krone, um sie dir aufs haupt zu drücken, *und sie täte es*, worauf sich eine luke im dache der mütze öffnete, daraus ein schwarm wilder schwäne entflöge, so schreibe die zahl *zwei*.

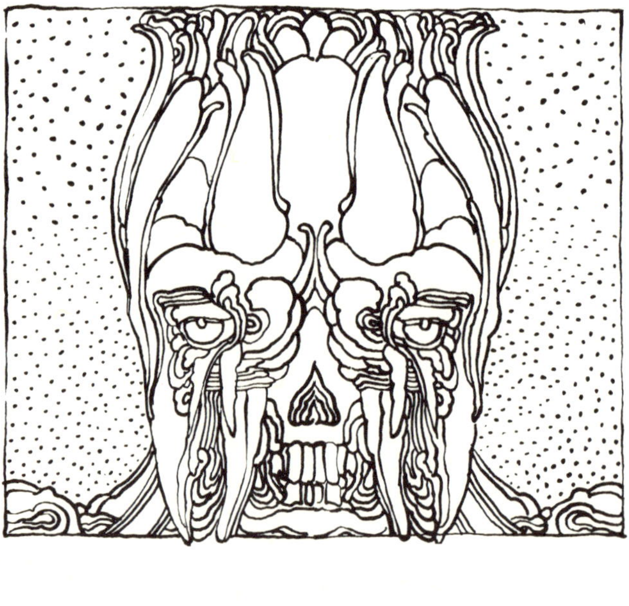

3

Träumt dir, daß eine reiterin vor deinem hause hält, aus dem sattel springend die zügel nach dem aufkommenden mond wirft, sich als aller Mathilden bester engel ausgibt und zweifelnd auf das fenster in der ersten etage blickt, dahinter du eben noch an der lampe saßest, und entkleidet sie sich vor dir und verlangt eintritt in das herz deines heimes und macht sich anheischig, auch eine summe geldes dafür zu geben und du kannst nicht anders, *sonderbarer gedanke*, und weigerst dich, ihrem wunsche nachzukommen, so nimm eine pistole und schieße die zahl *drei* auf weißes papier.

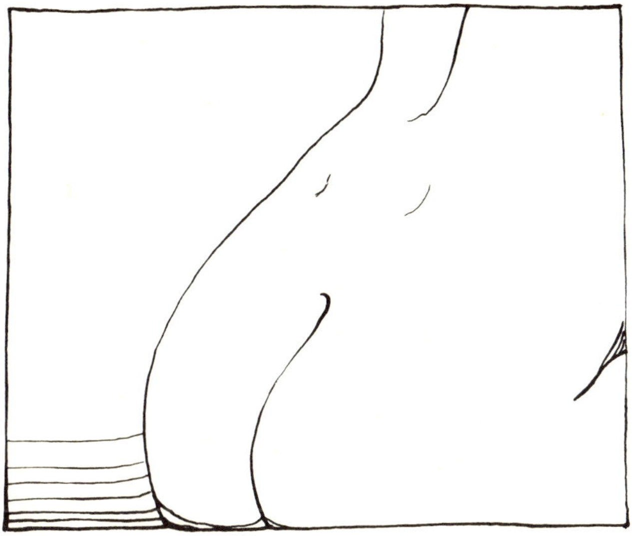

4

Träumt dir, daß *in questo prato adorno ogni selvaggio nume sovente ha per costume di far lieto soggiorno,* schwebt dir ein vogel von der farbe eines welken rosenblattes vor den zögernd ausschreitenden fuß, hält er eine grünverschlossene botschaft in der linken kralle, und steht eben die sonne am adieupunkt ihres tageslaufes, *nicht fern murmelt ein kühler bach und die jäger legen sich ein stündchen aufs ohr,* dann gehe hin, versetze deinen schatten im leihhaus und notiere die numero *vier.*

5

Oder ist es ein pergamentener globus, dessen traumbild dir erscheint, und er glüht von innen wie eine weiße reisende, die zum ersten mal den vogel Tahiti schreien hört, und er geht schließlich vor all dieser inneren glut wie ein lampion, der feuer fängt, auf, und entspringt ihm im letzten augenblick, bereits mit brennenden strümpfen, die antizipierte weiße reisende, fällt dir unter küssen um den hals und es entspinnt sich dadurch eine wilde, traumhafte liebe, das plötzlich vorhandene sofa beginnt auf einem leicht gekräuselten ozean zu treiben, nichts als himmel und milch breitet sich um dich und deine überstürzte geliebte, und ein alk droht dir, während seines ständigen herunterstoßens, das rückgrat aufzutrennen, so wähle am morgen deines erwachens eine markmatte *fünf*.

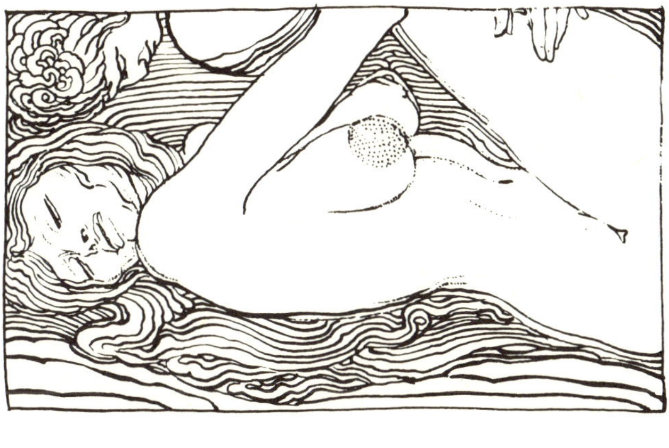

6

Und siehst du eine unwahrscheinlich hohe ölsäule dem boden des landes Kanaan entspringen, eine schillernde säule, die sich in der stratosphäre *widderhörnern gleich* teilt, nicht aber herabfällt, und kommen dir in letzter sekunde ferngelenkte jeeps zu hilfe, um dich aus der gefahrenzone zu bringen, und bezahlst du mit trauben und der apparat gibt dir sauren, schlechten wein als wechselgeld heraus, und steigst du nach tagelanger fahrt in irgend einer stadt Alaskas aus dem fahrzeug, treffen dich alte, vielleicht sogar verstorbene freunde, drohen sie mit den zähnen, dann zeichne eine *sechs* in dein kissen, auf daß du sie nach deinem erwachen nicht vergissest.

7

Schrecken dich in einem traum gegen morgen porzellanene puppen mit seziermessern, und du fürchtest deine mannbarkeit zu verlieren oder, *wenn du eine frau bist*, deine clitoris, und hast du aus diesem grund den genialen gedanken, eine statue aus purem diamant zu werden und du wirst es auf der stelle, und zerbrechen den dich umwimmelnden puppen die blinkenden instrumente, du lachst eine hämische, *ja böse* lache, die die augen der puppen zu asche werden läßt, und ein gedachter Manitou erscheint aus den herrschenden wolken, seilt sich zur erde nieder und bläst die asche der augen der puppen fort, als sei's ein staub und die prärie ein blanker tisch, so verrate kein wort, stehe auf und zeichne dir eine grüne *sieben* ins merkbuch.

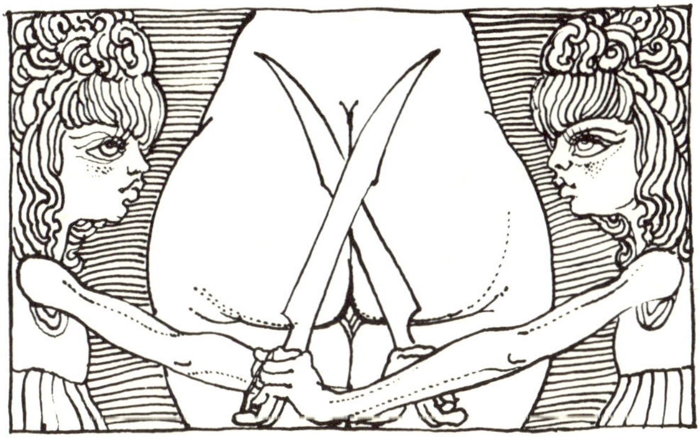

8

Träumt dir von dschingis-khaninnen, die dir, du bist an dein bett gebunden, herrliche pelzmützen aufsetzen wollen, und du fürchtest die grünen blicke deiner bedrängerinnen, schreist, daß alle uhren und perpendikel Asiens stillestehn, alle wolfsähnlichen tiere aus ihrem sommerschlaf erwachen und sturm heulen, daß angst über die herde Chinas kommt, feuerschlünde wie zigaretten verlöschen, krater wie augenlider zuklappen, dann gewinnst du viel auf *acht*.

9

Erscheint dir eine schlange und frißt die täubchen samt dem zylinderhut des zauberers, und bist du *so* weit, deinen namen zu vergessen, *ein zirkus wird vor dir aufgebaut, und der wind, der nicht von dieser welt ist, fährt in seine gestänge und rüttelt sie (er aber hält stand wie ein mann aus dem Westen),* und du suchst nach visitenkarten in den brusttaschen anderer, und man ernennt dich zum clown aller clowns, so schlag einen purzelbaum, spring durch den brennenden reifen des löwen, spring weiter und weiter bis durch das öhr einer *neun.*

IO

Und hast du einen traum, darin du der wärter eines dromedarengartens bist, so scheide denn die männchen von den weibchen, treibe diese nach westen und jene nach osten, und findest du während dieser trecks die wahre liebe in gestalt einer teetrinkenden, und schläfst du mit ihr und zerbrichst du ihr nach nächten die brille, und sie weint dir mit hellblauen augen was vor, und du sagst ihr *stirb vogel oder friß!* und ihr bricht das herz und das deine infolge, und man trägt euch zwischen zwei dromedaren, einem männlichen und einem weiblichen, in einer sänfte zum begräbnisplatz, so vergiß alle schwüre, vergiß alle treue, reiß dich aus dem tuch, springe davon und schrei durch alle winde der welt deine glückszahl *zehn*.

II

Nichts ist schlimmer als ein traum von verbrannten zauberern, deren asche du, mit üblem wein vermischt, trinken mußt. Spei dieses schlechte zeug aus, spei es an die wand einer waschküche, *du findest sie im hofe deines hauses*, es wird sich formen diese sauce zu einer glückbringenden *elf*.

12

Ist ein gesicht ohne leib, ein leib ohne gesicht, ein geist, ein gespenst, ein elfischer spuk, eine *zwölf*.

13

Dreizehn beine auf einmal zu besitzen ist ein einfacher traum. Erhebe dich, nimm deinen schirm, spanne ihn *dreizehn* mal auf.

14

Kommst du im traum an die schienen einer eisenbahnlinie und bringst du eine plastikbombe am bahnkörper an, und erscheint dir das große unglück aller passagiere vor augen, *sie liegen zerfetzt und zerbrochen, kränze aus holzsplittern im haar, unterm frühnebel der wiesen*, so bereue dein vorhaben, entferne die bereits haftende ladung, flieh die alpini und schlucke das zeug aus deiner hand – du wirst krepieren wie eine granate mit dem durchmesser *vierzehn*.

15

Träumt dir, du seiest ein jude und eine jüdin, so gehe nach Bombay und heirate dich und zeuge kinder mit dir und gedeihe, lebe und vergeh. Deine glückszahl für diese nacht besteht aus einer eins und einer fünf, aus feinen knöchelchen geordnet in dem *turme des schweigens* eine *fünfzehn.*

16

Reitest du eine alligatorin im traum und es scheint dir, sie wäre aus gummi und nicht aus fleisch und harten schuppen, und sie bisse dir dennoch das rechte bein ab und man verarztet dich in Nairobi und die schwarze schwester spendet dir blut, worauf du ein mensch wie ein zebra würdest, und hernach einer, der wie ein sturm dahinflieht und aus grünen augen leuchtet, allen schüssen zum trotz, so gehe nieder in den schlamm neben flüssen und numeriere ihn mit dem finger mit einer *sechzehn.*

17

17 augen kann dir ein traum bieten, mit jedem siehst du eine andere richtung der rose der welt. Zuerst ist's dir, als schöbe man dich vor einen runden turm, kein eiffelturm, aber ein riesiger, aus stahlringen bestehender turm ist es, der in die strahlende bläue des aprils wächst, sich im aluminiumdunst des äthers verliert, eine tafel hängt an der geschlossenen besucherkasse, *jamais les dimanches*, obgleich es ein sonnabend ist; und dann ist es ein breiter graben, kein steg darüber, schmutziggrünes stagniertes wasser darin und soldatenköpfe, die in der dämmerung phosphoreszierend auftauchen, das kotige wasser bis an die bewaffnung der zähne, und dir graust's; und dann das rascheln von tieren, die durchs unterholz streichen, die du aber nicht siehst, eidechsen oder kaninchen, schlangen oder unschuldige vögel? du erwartest den biß, der nie kommt; und dann siehst du eine masse neger, die sich durch die straßen heranwälzt, die fahne des busches verleiht der situation eine gewisse bedeutung, du reißt am abzug, das ding versagt, du wirfst die maschinenpistole in den dreck und läufst, bis dir die zunge bis zum khakigürtel reicht, und darauf trittst du in das fotolabor einer zitadelle, darin ein hauptmann eben die negative von hinzurichtenden betrachtet, dann erlebst du in einem vorstadtkino den untergang der welt und legst im moment der totalen vernichtung deine hand auf das knie deiner nachbarin, und du merkst,

daß sie uralt ist, und entfliehst dieser vorstellung, und es ist abend im september, und dann fährst du einen citroën, der seine räder verliert, und es wachsen ihm an deren stelle derbe, schwielige arbeiterhände, die dich über die kreuzung tragen, und dann erreichst du am wege zum himmel das postamt und frankierst einen brief an dich selbst, beklebst ihn mit knallroten sondermarken, und du merkst die drei schüsse in deiner brust und versinkst in einer ladung hellgrüner zwiebeln, und hernach teilt sich diese vegetabile see, es liegt noch der duft und die würze jener früchte an dir, und du betrittst ein ballhaus, aus dem man dich sogleich wieder hinauswirft, und aus einer falschen akazie steigen wunderschöne nackte motorradfahrerinnen mit helmen und ledernen riemen, die dich mit schneebällen bewerfen, und wird jeglicher ball ein ei, das deine stirne klebrig überrinnt, und du leckst am tropfenden dotter, und eine rauschende wolke fliegender ameisen fegt witwen und wälder hinweg, und du lachst eine träne, du zerschlägst eine orgel und fühlst dich als Orpheus, und dann schreist du nach reinigendem wasser, ziehst gerollte dollarscheine aus den löchern deiner brust, tötest eine kuh im schlachthaus und hörst endlich ein trommeln aus vergessenen zinngruben, es schwillt wie ein donner in deinen ohren, die höhlen der Alpen tun sich auf gleich mäulern von tieren, du erschrickst, erwachst und stürzest aus deinem bett wie eine *siebzehn*, die aus dem gefüge einer leuchtschrift fällt.

18

Träumte dir ein traum namens Blahotka (dieser traum ist ein mädchen, eines jägers kind, eine vergißmeinnichtäugige tochter, ein haltloser engel, ein lilienstengel mit armen und beinen, ein traum mit brüsten wie einst im mai, eine zweifache erscheinung, einmal bei der weide am teich, einmal bei den eichhörnern im walde – aber der vater, er will es nicht, zeigefingert aus allen ecken des traumes, grollt wie ein frischgeheizter ofen im oktober, klopft unter gefährlichen drohungen ans schloß seiner flinte und benimmt sich wie eine oper), so umschleiche siebzehn mal das forsthaus (das schläfert den alten ein) und springe beim *achtzehnten* mal in Blahotkas bett – du wirst (dieses buch gibt dir sein ehrenwort) mit schwarzen ringen unter den augen erwachen.

19

Träumt deiner frau oder deinem manne, du selbst seiest ein brennender dornbusch, dem alle vögel der welt zustrebten, um darin asche zu werden, so nimm stock und hut, reise nach Monte, spiele die *neunzehn* und es wird dir wohlergehen.

20

Träumt dir von wilden katzen und scharfen sägen, denen du entfliehst, und du erreichst mit mühe und not eine liebliche anhöhe, darauf ein schöner baum steht, den du ersteigst, und du sägst den ast ab, darauf du sitzest, es rauscht durch die blätter – dein fall wirbelt grün auf – und du landest in den zacken der eigenen säge, so *ist* es eine *zwanzig*, du magst es wenden und drehen wie du auch willst.

21

Begegnete dir ein bärtiger chinese und bäte dich um messer und gabel, er hätte sein besteck zuhause in Peking gelassen, und verwandelte sich dieser gelbe mann unmerklich in eine telefonwahlscheibe, dann säume nicht, sondern wähle die zahlen zwo und eins, die glückbringende *einundzwanzig*.

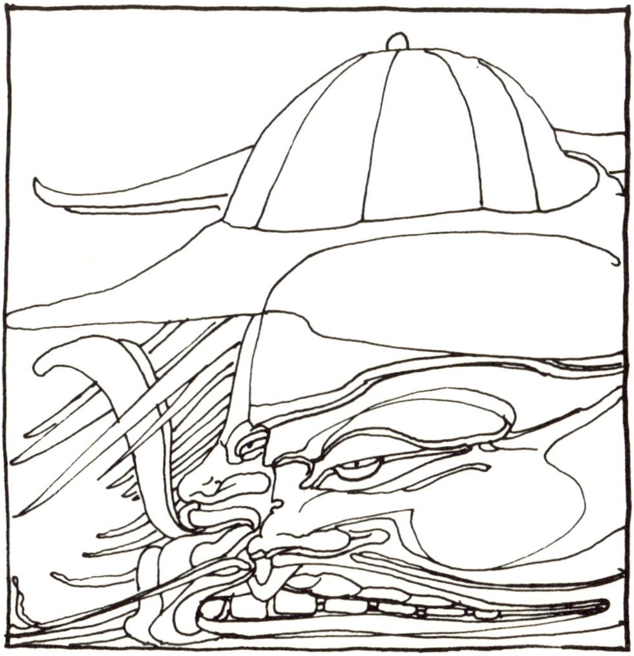

22

Schlägst du im traume dein wasser ab, und es kommt dir mit einem schlage zu bewußtsein, daß du der initiator sämtlicher hauptflüsse Irlands bist, und fühlst du, wie saphire und türkise in deiner leergewordenen harnblase rasseln, und du liest in den tageszeitungen, daß du als wassergottheit in die frömmigkeit der menschen wirst eingehen, so rufe *zweiundzwanzig* mal deinen namen in alle welt, auf daß man ihn höre.

23

Gesetzt den fall, es begegnet dir während der nächtlichen wanderung deiner seele ein kakadu auf stelzen, krüppel zweier kriege, und er redet dich an mit traurigen augen, sagend, sein geschwinge sei nicht mehr das, was es ehedem, und du entdeckst an seinem bunten rocke orden, die dir bekannt vorkämen, und es wäre in wahrheit dein sich spiegelndes bild und dahinter das deines vaters (oh, wie die zeit sich ändert: dort der wellenreiter im taugeperl seines jüngsten sturzes, hier der alte, der brüchig gewordene baumtummler, leidend, mit aufgerecktem blick), so gedenke deiner gesegneten jugend und notiere eine melancholische *dreiundzwanzig*.

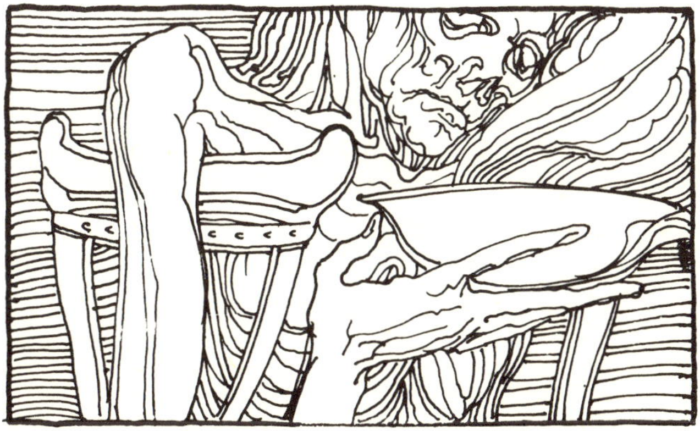

24

Träumt dir, die knatternde fahne der UdSSR würde durch eine beliebige dachluke geschoben, der frühlingswind fände seinen weg in deine nüstern, du siehst dich als roß vor einem müllwagen am Prenzlauerberg (das wasserwerk frisch in der morgensonne), und Stalin käme aus der kühle eines beliebigen hausflurs, *seinem mausoleum*, väterlich, fesch, streng, aber gerecht, und er hätte spinnwebchen und kohldunst im schnurrbart, ein blinzeln im rechten auge, eine starrheit im linken, und er redete also: *Gebet den herren, was der herren ist – nämlich hundert paar ungleiche schuhe!* und Ulbricht würde stutzig und führe sich mit dem zeigefinger unter den hemdkragen und setzte sich ungesäumt auf den bock deines wagens und kutschierte mit dir bis vor das HO-kaufhaus am Alex, dann hast du *vierundzwanzig* wünsche übrig.

25

Hat man dich im traum in eine eishütte auf Nugsuak gesperrt, *der schlüssel ist eis, das schloß ist eis,* und du suchst in der dunkelheit der nacht nach dem schneidbrenner, du verbringst suchend die nacht, bis der tag wie durch ein marmeladeglas in dein schimmerndes gefängnis bricht, und ein gedunsenes etwas tappt umher, ein ding, der dämon des inneren des eishauses, und es schlägt die schweren augen auf, bietet dir seine hilfe, seinen beistand an: *Ja, gegen ein gewisses zu tauschendes . . . ja, es hätte wohl die macht einen schneidbrenner – aber, aber . . .* Dich schmerzt das innere deines halses: eine *fünfundzwanzig,* halb fleisch, halb alge, macht sich drinnen breit.

26

Käme der hl. Simeon und versetzte dir eine schallende ohrfeige und begännen durch diese schwingung alle glocken Kasans von selbst zu läuten, wäre es außerdem noch gegen ostern, dem fest der birken und brennesselblüten, spränge ein junger hase dem hl. Simeon aus dem bart, dann fällt dein nächster glückstag auf einen *sechsundzwanzigsten.*

27

Weshalb sollte dir nicht träumen, du schriebest ein werk mit dem titel: *Clef du songe* oder *Assyrisch-babylonisches Traumbuch,* auch schusterbubentraumbuch genannt, sonderlich für solche geeignet, die im kleinen lotto das große glück aus *Fortunens* trefflichem füllhorn greifen wollen. Verfaßt, überarbeitet und weitgehendst erweitert von dem autor des *Handbuches für Hermaphroditen,* Caboul im jahre *siebenundzwanzig.*

28

Wenn die paternosteraufzüge zu rasen beginnen, wenn der mensch nicht mehr wagt, in die etagen zu springen, wenn die liftwände wie pappkartons ballern, wenn die verkäuferinnen in ein vielstimmiges iiii ausbrechen, wenn die blaue wolle des dezembers aus allen ladentischen quillt und die rolltreppen stoppt, wenn die künstlichen weihnachtsbäume wie eisberge brennen und der gott der warenhäuser die augen auftut, dann schlägt es *achtundzwanzig*.

29

Hast du einen traum, in dem die BB wie ein cowboy auf einer liegenden mondsichel reitet, die sie durch stetes geschaukel von unten nach oben halbiert, und es fallen zwei hälften mädchen hernieder zur erde, um wiedervereint auf einer heutriste zu landen, und es kommt der bauer und die magd und der sommergast mit der brille und der vopo mit den pickeln und der brasilianer mit dem zahmen kaiman und der mann ohne jagdschein, und alle heben sie die hände vor verwunderung – so schreibe *neunundzwanzig* mal den ruf halleluja in den pochenden kalender deines herzens und verharre still, als sei nichts geschehn.

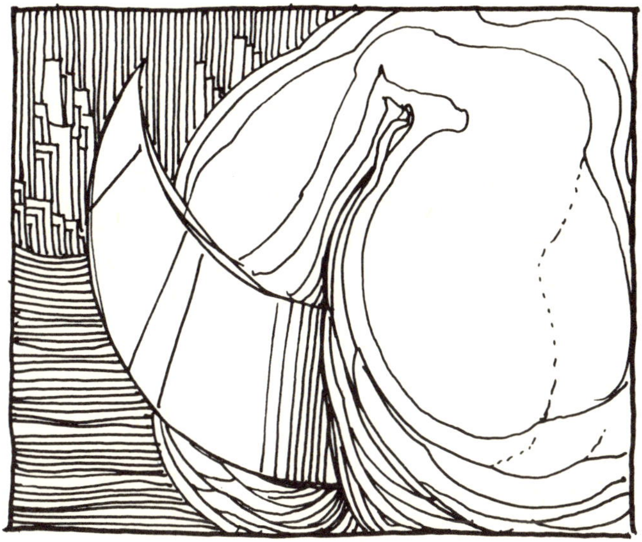

30

Und träumt dir also, es riefe das vaterland und es tauchten die lang schon vergessnen monturen aus urnen und gräbern, und heroische statuen der parks und alleen senkten sich an fallschirmen, ausgeschleudert von den sitzen der lodernden bomber, und brennten die arsenale der kunst und der liebe im feindlichen regen nuklearer geschosse, und schwankte der stiel der kornblume deines lebens in einem wind, der künstlich aus öfen gepreßt wird, und ließe das licht vieler feuer dein aug nicht mehr schlafen, und heulte der wolf einer giftigen nachricht so stark, daß dein gehör dir zerspränge, und gäbe es weiß nicht noch schwarz mehr, bloß rot, daß vor brand du dein blut nicht mehr sähest – dann bewaffne dich mit der *dreißig* des mutes und geh durch die feuer und schieß dir den weg frei, versuch zu erwachen!

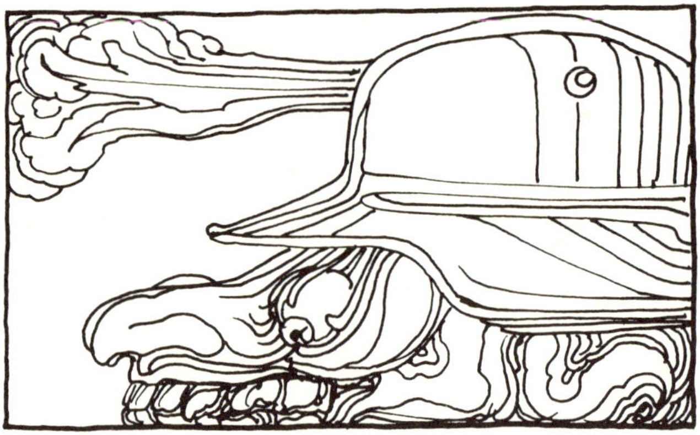

31

Schwebt dir die liebreizende gestalt einer bajadere vor und du ziehst dir verstohlen die hosen aus, um ihr glück für ihre kunst zu wünschen, und sie erweist sich als bloßer schemen eines gewissenlosen taschenspielers und gauklers, und du stehst da, beschämt und entwürdigt, zu nichts andrem als ingrimm mehr fähig, ein mensch im unterhemd, der zusammen mit hundert tempelbediensteten seine blühende hagebutte erblickt, so vermagst du dennoch nach erwachen mit der *einunddreißig* im lotto ein vermögen zu gewinnen.

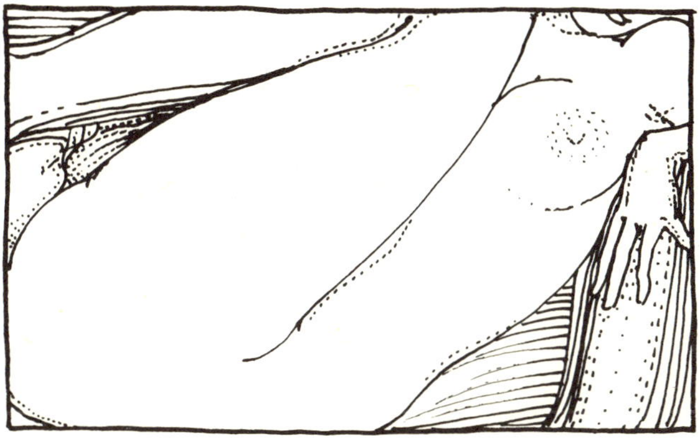

32

So ist es im traum und nicht anders. Einer kommt durch die tür und steht da und hebt die hand und siehe: er hält in der linken eine lebende taube, symbol des friedens, der liebe, der unschuld und der zuversicht auf bessere zeiten. Und siehe: mit der *rechten* langt er in die brusttasche, holt einen schwerkalibrigen revolver hervor, verlangt geld und gold und wieder geld und läßt sich als ordentlicher vertreter eines rauhen tones in *keinster* weise abwimmeln. Was soll das? fragt man sich mit recht in dieser nacht zum *zweiunddreißigsten* mai.

33

Dreiunddreißig ist eine schöne runde zahl, und sieht man sie *träumend* auf einer unverhofften kinoleinwand zucken, ist es ein sicheres zeichen, von zauberhaften zwillingen verführt zu werden – man darf sich allerdings nicht dadurch verwirren lassen, daß sie beide am nächsten morgen zu gelben tulpen werden, die aus einem einzigen stengel herauswachsen.

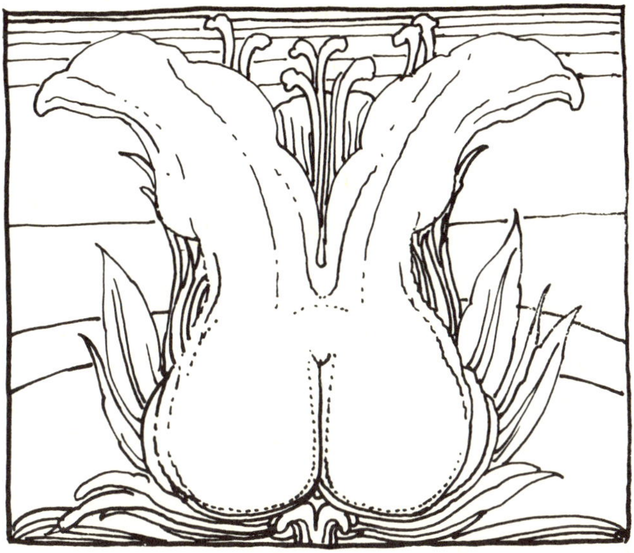

34

Wieder bei den eskimos – im inneren einer eishütte kauerst du in der ecke neben dem einstieg. Und wer kommt herein? Du selbst. Und was tut dein *andres ich?* Es beginnt seufzend am boden lang zu kriechen, bewegt sich immer tiefer in diese warme tranige winterhöhle, zoll um zoll, zoll um zoll, und du merkst die ursache ein weniges später, es ist das lager, es ist das lager aus fellen im hintergrunde der höhle und auf ihm liegt ein schönes, ausgekleidetes mädchen, und dein *ich* kriecht unendlich langsam auf sie zu, und die felle knistern und sie stellt sich schlafend, und dein *andres ich* erreicht unter seufzern und ohnmachten endlich die schöne, und es legt sich schwer über sie, um allmählich in ihr zu versinken: zuerst bis an die knie, darauf bis zum becken, dann bis an die brust, bis zum hals – und dann versinkt es mit einem gellenden schrei, der alle schläfer weckt, in der atmenden see des nackten fleisches, und du merkst, daß du unsichtbar geworden bist, läufst hinaus in das schattenspiel von mond und robbe, fliehst über das offene meer, *vierunddreißig* meilen über das offene meer bis an die verschneite küste deines erwachens.

35

Erwischt dich im traum eine hand (und nichts als eine hand), und sie kommt aus einem kohlenkeller und es flüstert dir eine stimme, die du ein leben lang flohst, ins ohr: *Jetzt gehörst* du mir, jetzt hab ich dich . . . und milchautos scheppern, hausmeister röcheln, tauben gurren, wässer gluckern und aus den u-bahnschächten steigen warme, asphaltige nebel – dann zähle bis *fünfunddreißig,* auf daß dir das glück nur dies einzige mal noch treu bleibe.

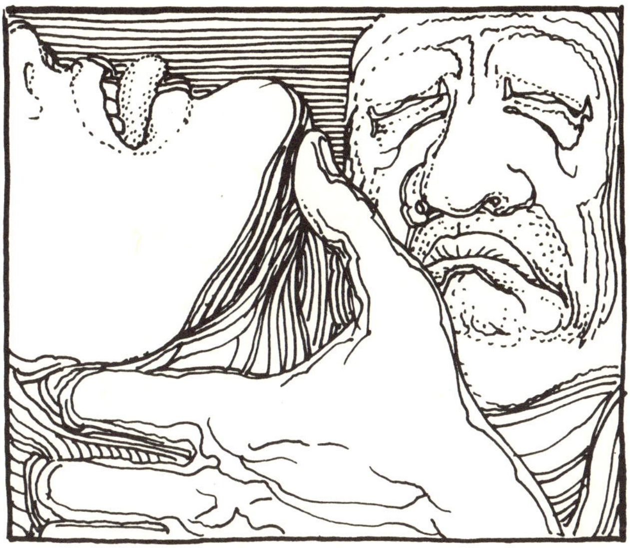

36

Du kommst als altmodischer detektiv, eine art Sherlock Holmes, in die szene, es ist plötzlich der Lehniner Platz, dein deerstalker ist rundum mit misteln besetzt, der himmel dieses frühen morgens ist nicht weniger fahlgrün als dein hutschmuck; aber wer verehrte dir dieses gesteck, von wem kommt es, wie ist das geschehn? Aus einer vierten etage werden geschlachtete tauben und schwarze uhrzeiger durchs fenster geworfen, sie fallen wie federn oder kraftlose blätter in die schneelose, winterliche stille des morgens. Du nimmst deine lupe aus dem sauberen futteral, betrachtest die tödlichen halswunden der schimmernden vögel, zählst die verstreuten zeiger, es sind genau *sechsunddreißig*, sammelst sie zu einem kleinen häufchen und suchst nach einer verbindung zwischen taubenopfer und zeit und zahl und mistelkranz.

37

Laß in deinen traum keine gans dringen, dringt sie doch ein, so serviere ihr sekt, du aber trinke wasser, dann wird sie mit einem kleinen knall zerspringen und ihr freigelegtes gekröse zu einer *siebenunddreißig* werden, die du, wenn dir viel geld lieb ist, auf den ladentisch deines lotterieeinnehmers werfen sollst.

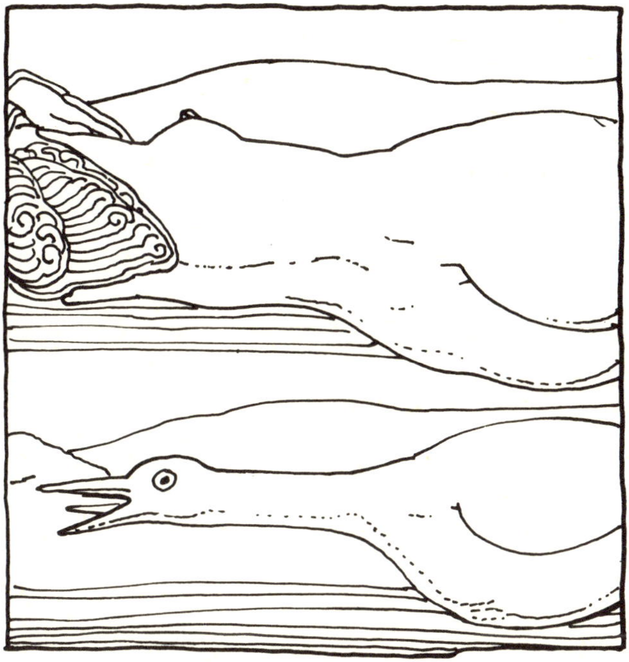

38

Du träumst von der Kalahari, die du nie gesehen, jawohl, durch opalene geröllhalden kommst du geritten, löwengerüche umwehen dich wie sandblonde fahnen, der bleiblaue himmel beißt sich zwischen hemd und hut in deinen nacken, am horizont des nordens rollt ein zug einer hottentottischen fee morgant vorüber, du hörst den schrillen, langgezogenen pfiff, ein schauer rinnt durch deine *spina,* aus dornen und heißen diamanten hebt sich ein gewehrlauf, du siehst keine augen dahinter, es ist im jahre *achtunddreißig* und wenn du achtundzwanzig jahre später erwachst, sind deine fenster von spinnweben verschleiert, dein haus ein asyl gestorbener fliegen und dein bett ein rostiges, daunenumlagertes ding.

39

Einer kommt und spricht im traum zu dir: *Die hörner ihrer frau sind viel zu lang, das trägt sich nicht gut!* und da merkst du *im traum*, daß du mit einer *neununddreißig*jährigen, gutaussehenden hexe verheiratet bist, einem schmalgliedrigen, gehörnten weibsstück, das das mark deiner knochen verzehrt und dir das gehirn versengt.

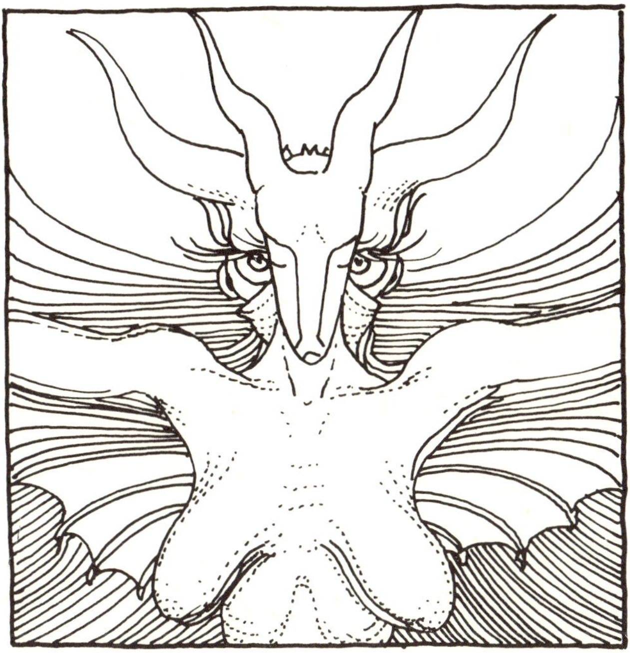

40

Dir träumt, du bist eine hyazinthe im garten deines geliebten und er nährt dich mit seinen tränen, schreibt briefe im kreis deines duftens, die ungeöffnet wieder zurückkommen, *man darf nicht vergessen, daß alle an dich gerichtet sind und du bist unauffindbar, keiner weiß um deine grüne gestalt,* und er begräbt sie alle rund um dich und läßt sie faulen in der schwarzen erde dieses gartens, und die blauen, geschriebenen worte sammeln sich in deiner knolle und sprengen sie in die luft, und deine pflanzengestalt fliegt gen himmel, unerhört schnell, 15 cm groß, und sie schwebt vierzig tage und *vierzig* nächte über dem garten deines geliebten, der sich darin erhenken wird und du wirst es sehen und wirst ihm nicht helfen können.

41

Träumte dir, du wärest ein türke und der halbmond deine mundharmonika und zypressenzweige dein schnurrbart und minarette deine zigarettenmundstükke und ein orangenbäumchen die kinderrassel deines jüngsten sohnes und deine frau ein schatten an der hauswand des bordells und sieben schüsse im morgengrauen deine brüder und eine hand in der rocktasche des andren dein energisches glied und ein großes tabakblatt dein bauchfell und die sehnsucht nach Tunis dein inneres auge und es wären dir schwestern, *einundvierzig* an der zahl, davon jede eine ampulle voll rosenöl, und ein strahlender saphir deine kniescheibe – so stelle ein glas auf den saphir, zerbeiße die ampullen, verteile die sehnsucht nach Tunis an freunde, verschenke das große tabakblatt an solche, die's brauchen, reiße die hand aus der rocktasche des andren, pfeife nach den sieben schüssen im morgengrauen, schwängre mit ihnen den schatten an der hauswand des bordells, schwinge das orangenbäumchen samt seinen wurzeln und tanze mit ihm durch die straßen, schieße die minarette wie pfeile vom bogen, tauche die zypressen in die milch deiner frau und spiele auf dem halbmond, *man mag danach springen oder nicht*, das erstbeste lied, das dir einfällt.

42

Träumte dir, Hitler wäre wieder auferstanden und bürstete sich den moder aus dem anzug, und dies alles geschähe in der *zweiundvierzigsten* straße, so zwinge dich zum erwachen, steh auch du auf, putz deine zähne und sag deiner frau: *mein schatz,* es ist ein lieblicher morgen, aber ich hatte eben einen bösen traum.

43

Von vergessenen schirmen (blauen, violetten, seegrünen) zu träumen, deutet auf einen trockenen sommer hin, sowie auf die zahl *dreiundvierzig,* derer du an gewitternahen juliabenden eingedenk sein sollst. Darüber hinaus zähle alle von dir gesehenen schwäne, töte den dreiundvierzigsten und du wirst finden in seiner bitteren galle eine perle von seltener größe. Sie macht dich unsichtbar.

44

Hast du einen einfachen traum, einen traum von gartenbänken und sperlingen oder von lispelnden witwen und abdampfenden raddampfern, so besteige dein fahrrad, radle *vierundvierzig* mal um dein haus und schwenke hernach zu deinem lotterieeinnehmer ab.

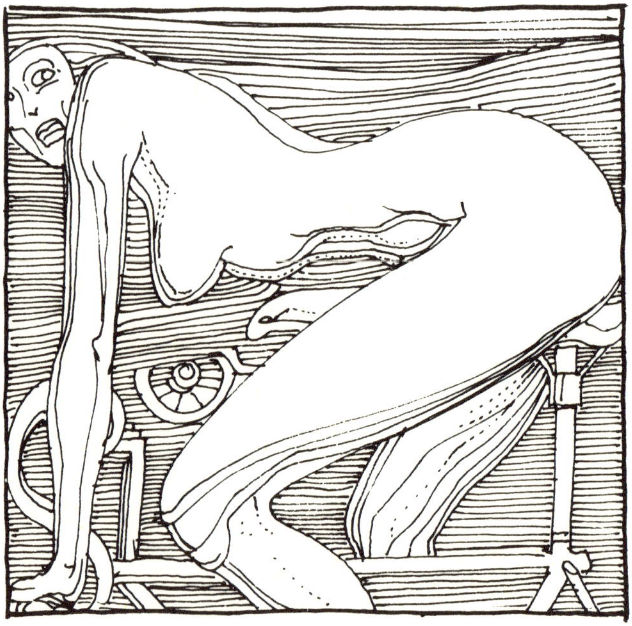

45

Der traumwert einer kleinen angst beträgt fünfundvierzig. Bedrängte dich im traume das bild eines widders mit den hörnern, klingelte es mit den schellen, die ihm ins fell geknüpft sind, machte es die ausladenden bewegungen eines boxers beim training, hätte es einen abgebissenen fuß, an welchem noch der schuh daran wäre, im maul, und blickte es dich anstatt durch drei durch vier augen an, dann setze die obenerwähnte *fünfundvierzig* im lotto.

46

Träumte dir, du säßest beim meistertätowierer und man tätowierte dir das falsifikat eines flugscheines in die geöffnete hand und du flögest mit ihm nach Grönland und die frau des pastors wäre allein zuhause und sie empfinge dich im unterkleid und sie wäre jung und röche nach majoran und die wiesen voll mit butterblumen und der mond im fenster und die raschelnden gardinen und das bett wäre gemacht – *gute nacht, herr pfarrer, der schnee ist fort, der schlitten streikt* – und du machtest deinerseits die frau des pastors *sechsundvierzig* mal glücklich, so hast du diese edle zahl wohlangewendet!

47

Träumte dir an einem sommertag, du stündest vor der quälenden entscheidung, zwischen zwei irrenhäusern wählen zu müssen, dann wirf ein kleines geldstück in den fluß: bringt es dir eine schildkröte zurück, entschließe dich für das erste, bringt es dir ein fisch zurück, entschließe dich für das zweite. Der fluß muß der Sambesi sein und *siebenundvierzig* bedeutet: *Sich für eines von zwei irrenhäusern entscheiden müssen.* Bringt glück um die mittagsstunde.

48

Der traum eines negers ist anders als der traum eines weißen oder gelben mannes. Bist du nun im traum ein neger und verfällst du in diesem traum in einen zweiten, einen traum im traum, und es träumt dir, du wärest ein weißer oder gelber mann, so wird dir sein, als schürtest du eine revolution zugunsten der schwarzen, und du würdest verhaftet und in handschellen abgeführt, und ein weißer oder gelber premierminister hieße dich einen lumpenhund und schlüge dir den hut vom kopfe, worauf du in deinen *ersten* traum zurückverfielest, gradeso als hüpftest du aus einem garten in den benachbarten, und in *diesem* traum schämtest du dich sehr deiner schwarzen hautfarbe und du ließest dich deshalb schinden und mit weißem oder gelbem leder überziehen, so wirst du am nächsten morgen eine *achtundvierzig* aus verschrumpelter negerhaut, das untrügliche zeichen kommender glückssträhnen, in deinem bette vorfinden.

49

Träumt dir von einer greulichen alten hexe, die ihre hängebrüste, weil sie ihr beim backen und braten hinderlich sind, in junge straffe dinger verwandelt, dann magst du auf die zahl *neunundvierzig* häuser und türme bauen, dieselben an wohlhabende menschen vermieten und mit dem bequem erworbenen geld dein leben unterhalten.

50

Träumst du dich als bordellbesucher in cape und zylinderhut, das blitzende einglas im aug, den spazierstock unter die achsel geklemmt, und es empfangen dich wunderhübsche skelette in seide und tüll, unbezahlbare mädchen ein jedes, und man serviert dir ihr einstiges fleisch auf silbernen platten, hier gebratene brüste, da einen zartrosa schenkel und dralle arme und gesottene stückchen vom bauch mit spargel garniert, verschiedenste arten gegrillter popos, kandierter lippen oder leicht überbackene finger, und unter speiseglocken die leckere fülle verbotenster delikatessen – dann rühre die sachen nicht an, so sehr dich madame auch drängt, nimm deine pistole und schieße nach den gasflammen der *fünfzig* ampeln im salon, und misse keine von ihnen – so werden sich alle skelette wieder befleischen und die nacht ist für diesmal gerettet.

51

Stiege dir an einem neujahrsmorgen (im traum) ein zwerg aus deinem linken schuh und fragte dich, wo du seinen stern habest, und du dächtest: *Was für einen stern meint er, der kleine kerl?* Und du gäbest ihm nach einer weile zur antwort: *Ich habe ihren stern nicht, aber bitte, sie können ja in meiner wohnung nachsuchen* . . . Und er käme endlich an das bett deiner noch schlafenden frau und riefe erfreut: *Aber da liegt er doch!* Und du sagtest: *Man soll schlafendes nicht vor seiner zeit wecken; auch keinen stern* . . . Und der zwerg antwortete: *Gut, so will ich mich denn einstweilen mit den lockenwicklern unterhalten* . . . Und er begänne einen nach dem anderen in seinen langen bart zu wickeln – dann zähle mit bis zum fünfzigsten, aber beim *einundfünfzigsten* wirf ihn hinaus vor das haus, denn in diesem augenblicke ist er machtlos wie ein kind, seine fabelhafte stärke verläßt ihn, deine frau aber darfst du behalten.

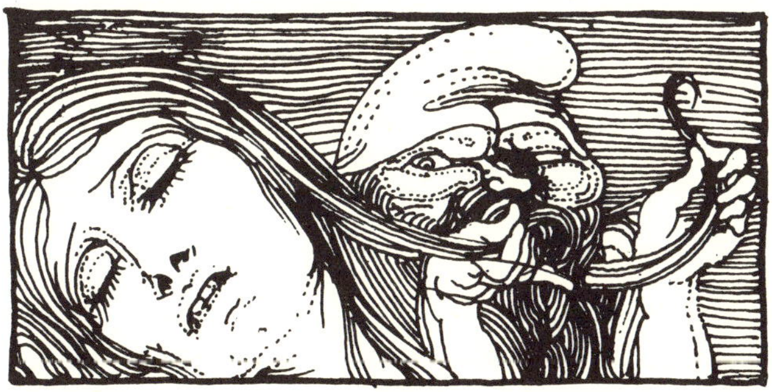

52

Ein jugendlicher revolutionär kommt blutend in dein haus, er ist verwundet und wird gejagt. Hast du mitleid im traum, so wirst du ihn aufnehmen, ihn in einem dachzimmer verstecken, ihn pflegen, nicht aber mit neuer munition versorgen. Deine tochter (im traum) wird sich in ihn verlieben, sie werden einen monat lang ohne dein wissen zusammen schlafen, und dein eigen kind wird nach neun monaten eine maschinenpistole gebären, und die hebamme wird dich und deine tochter verpfeifen . . .
Hast du aber kein mitleid, sagst du dem jungen: *Gehen sie zu meinem nachbarn, der hat mehr platz und sympathisiert außerdem noch mit euch* . . . so wird dein traum ganz anders verlaufen:
Der junge revolutionär schleppt sich mühsam aus deinem haus, er will zum nachbarn, er hinterläßt eine große blutspur, auf die sich viele krähen niedersenken, worauf die leute denken werden: *Hier ist sonderbares vorgefallen — laßt uns daher zur polizei gehen und die sache melden* . . . Und es werden die männer vom geheimdienst kommen und man wird dich fragen: *Wieso das?* Und du wirst um eine antwort verlegen sein und man wird dich schlagen, bis du eine feurige *zweiundfünfzig*, die ziffer der aussichtslosigkeit, vor augen wirst tanzen sehen!

53

Träumte dir, du kämest während eines sommerlichen abendbummels wie von ungefähr in ein wachsfigurenkabinett und du glittest auf teppichen von saal zu saal, und du fändest dich selbst im letzten in *dreiundfünfzig* situationen deines vergangenen und zukünftigen lebens vor, guten und bösen, so lege feuer in alle ecken und fliehe diesen sonderbaren ort und halte erst, wenn die signale der feuerwehren die stille zerbrechen.

54

Träumte dir vom ertrinken, ein fisch mit herkulischen armen hielte dich umfangen und zöge dich in sein nasses königreich, du aber brächtest es fertig, normal zu atmen, ganz als wärest du noch unter der schönen glockenblume des himmels und nicht zwischen schwappenden algen und kringelnden sonnenresten, und es täte sich eine tür zu einem unterseeischen aviarium auf, durch die dich der seltsam bearmte fisch stieße, und es wüchsen dir schwingen, nicht solche der vögel, sondern merkurische, an den fersen (und es wären schon viele da deiner neuen art), und du zögest deine ersten kreise inmitten neuer bekannter – so warte die nacht ab, nütze ihre schrecklichen schatten, suche den *vierundfünfzigsten* gitterstab von der linken seite der verschlossenen tür, er wird nachgeben, und deiner landung im rettenden glühlicht eines badestrandes steht nichts entgegen.

55

Und träumte dir den ganzen vormittag hindurch vom lande Venezuela, und es schiene dir, du badetest in gefährlichen lagunen, es beobachteten dich papageienartige vögel, es verschöben sich gewitterwände am himmel, es fielen taubeneigroße tropfen, es pfiffen, jedesmal wenn du prustend auftauchtest, indios an den fingern – und über eine zeit merktest du, daß man dir kleider und waffen entwendet hätte (sie lagen eben noch an dieser und jener stelle des ufers), und du stiegest aus dem wasser, setztest dir ein großes blatt als hut auf und gingest nackt in das dorf, um dich beim kaziken zu beschweren . . . *Señor, sagtest du, ich habe gebadet, es beobachteten mich vögel, es verschoben sich gewitterwände, es fielen taubeneigroße tropfen, und jedesmal, wenn ich prustend auftauchte, pfiffen indios an den fingern – nun fehlen meine abgelegten kleider, meine gurte, meine machete, mein karabiner samt munition!* und dieser häuptling wird dir (im traume) seine schönste tochter zur frau geben und als mitgift dazu *fünfundfünfzig* grüne amerikanische dollars.

56

Träumte dir, es wüchse dir vom kinn herab ein verlauster mandarinbart und dieser hätte eine länge von 56 zentimetern, bestünde aus 56 einzelnen haaren und besäße 56 lila läuse, so schätze dich glücklich, denn eine triple*sechsundfünfzig* in dieser konstellation ist unter chinesen ein besonderes zeichen.

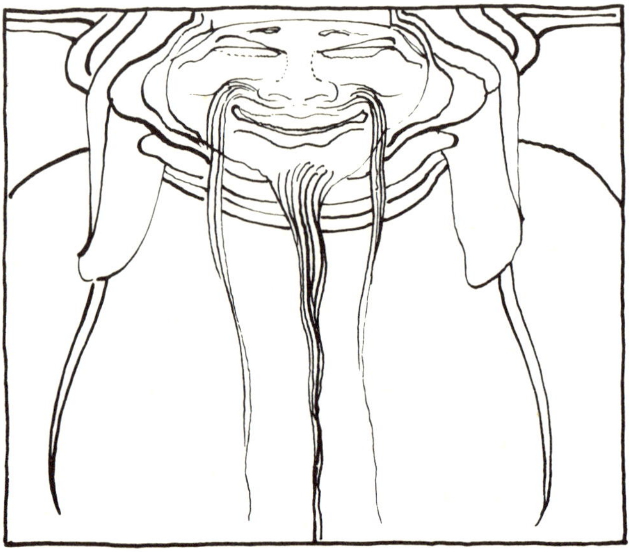

57

Königliche traumgeschehnisse, konservative, vagantische: Träume von entscheidungen, großen flügen oder flugvorhaben, gewaltigen luftsprüngen, schiffskatastrophen – träume von liegengelassenen füllhaltern, unterschriften, zerbrochenem uhrglas – träume von flüssen und ungeheuren brücken, wirklichen regentonnen, seilbahnen und aufzügen – träume vom walfisch . . .
Auf jeden dieser träume, je nach eignung eine *siebenundfünfzig*.

58

Ein anderer traum von indios: Du schwebtest per fallschirm auf die hütte eines dorfes, durchstießest das dach dieser hütte, das wäre aus laub und reisern, und landetest auf dem lager der töchter des häuptlings! Geschrei, verwunderung, ein auflauf in fackeln und waffen. Fischspeere, blasrohre . . .
Was wirst du sagen? – Sprich dein gesamtes vokabular von *achtundfünfzig* arawakischen begriffen. Kannst du keine, erfinde welche: *Ya*, *yapu*, *yapuruima*, *yapuruimaka* &c. &c. Das wäre ein wahrer jungbrunnen, vogellaute aus frischen tautropfen, wenn man so sagen darf.

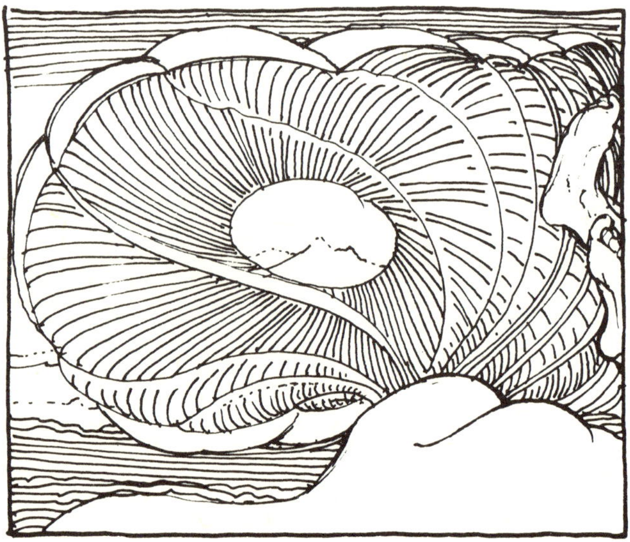

59

Nicht-harfenisten spielen im traume häufig das piano, tragen (im traume) starke brillen, hüsteln leise-diskret und sehnen sich nach landluft und frischgeackerter scholle. Sollte dir unter einer reihe von träumen auch ein solcher zustoßen, so wirst du mit der nummer *neunundfünfzig* absolut nichts anfangen können.

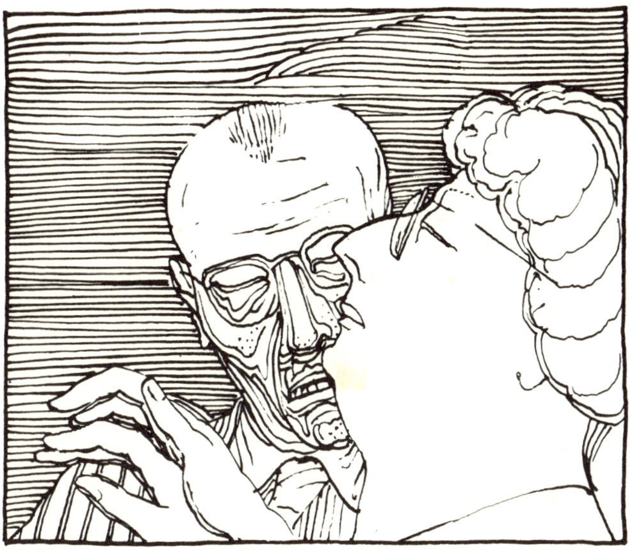

60

Träumte dir, du kutschiertest in einem phaeton nach schloß Dracula und du hättest dort ein großes unheil zu unterbinden, und es käme dir ein anderer superman dazwischen, der seinerseits ebenfalls an der unterbindung dieses unheils interessiert wäre, und ihr beide stündet euch ständig im weg (zu Draculas immenser genugtuung), und ihr rammtet während einer nächtlichen patrouille fürchterlich mit den köpfen zusammen, und zwar so sehr, daß es durch die düsteren hallen nur so bumste, und der graf führe aus seinem todähnlichen schlaf und erfaßte sofort die ganze situation und seine hämische lache ließe euch für augenblicke das blut zu eis erstarren, dann ist die *sechzig* wahrhaftig rund.

61

Träumt dir von einem tier mit einundzwanzig zehen und vierzig kanonen, und das kommt auf dich zu und fordert von dir genugtuung, welche du ihm tatsächlich schuldest, so gib ihm diese ungesäumt, setze aber sogleich nach erwachen die zahl *einundsechzig* im lotto, sie ist eine todsichere chance.

62

Träumt dir von einem tschechoslowaken mit einunddreißig goldzähnen, der im sprunge über ein grüngestrichenes gatter setzt, sich aber dennoch nicht den hosenboden zerreißt, sondern den ihm nachsetzenden hunden spielend entkommt, in eine bar tritt, sich den anzug richtet, die krawatte wieder festzieht und einen doppelten whiskey pur verlangt, so setze in windeseile die nummer *zweiundsechzig* im zahlenlotto, und zwar muß der lotterieeinnehmer einen namen tragen, der mit dem buchstaben K beginnt.

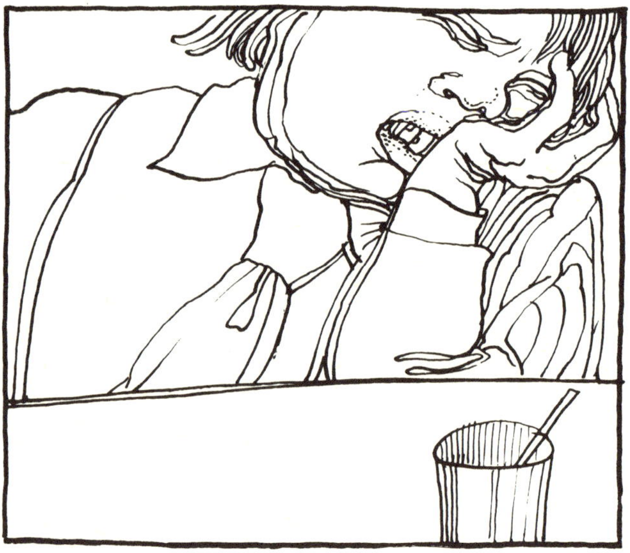

63

Träumte dir, dieses traumbuch würde zu einem riesigen, bemoosten findlingsblock im walde von Broceliande, darüber Tristram und Isot stolperten, darüber sie aufwachten aus ihrer aberwitzigen liebe, so schicke sie beide in die nächste lotterieeinnahmestelle mit der numero *soixanteettrois*, sie werden ein vermögen gewinnen und mit ihm in besagten wald, an besagte stelle des anrennens kommen. Also verwandle dich in ein weiß vögelein, leite sie hin vor die pfefferkuchen, locke sie in das häuslein, sei eine hexe, brate den Tristram, koche die Isot, und erwache schweißgebadet mit ihrem ganzen gewinn unterm kopfkissen.

64

Träumte dir, du säßest auf einer bank im Parque Güell und es fiele dir ein einzelnes notenblatt vor die füße, so begnüge dich mit dieser poesie, setze aber keinesfalls eine *vierundsechzig* – sie nützte dir einen großen dreck.

65

Träumte dir aber vom t., er säße verträumt auf einer bank im Schloßpark Charlottenburg, und du kämest eben aus der richtung des mausoleums, und der dunkle sitzende erhöbe sich, ginge mit anstand auf dich zu und redete dich also an: *Monsieur, en cas d'orage je serai le votre . . .* und er verschwände darauf wie von der allee geschluckt, und es erhöbe sich ein gewaltiger sturm, der nicht von dieser welt ist, der die blätter des sommers pulverisierte, die samen der gräser der rasen und wiesen nach dem würfe, die türme und kuppeln der stadt in schwankende blaue säulen verwandelte – und zuletzt dich nach der apfelsinenebene des firmamentes hinauftrüge, und du sähest endlich wieder die aufschimmernde sonne, fürchtetest zu fallen, entsännest dich der jüngsten worte – dann scheue dich keineswegs die sinistre adresse zu rufen –, im traum ist der t. von glück und bedeutet nach all dem vorgefallenen eine *fünfundsechzig* im lotto.

66

Wieder ein traum vom zu verlassenden vaterland: Das schiff ist bestiegen, du bist an bord, es trägt dich aus dem hafen. Wind kommt vom land her, du fühlst seine wärme, als wär's ein frisches unterhemd nach dem bade. Musikklänge dringen noch in *fetzen* herüber, im salon wird das elektrische licht angeschaltet, die passagiere dringen ein. Eine glocke in deinem herzen bimmelt: *Abreise nach Australiens känguruhgarten!* Noch ein leuchtturm und einige bojen, ein silbergrauer streifen küste und der aus nebeligem aufsteigende mond . . . Ah, mein freund, das bedeutet alles in allem eine *sechsundsechzig*, die dir daheim von glück gewesen wäre.

67

Träume und schäume von chinesinnen, denen du (im traume, früher) in Kaschgar begegnet bist, die dir nie wieder aus dem sinn gehen werden (es sang ja eine nachtigall und öllampen versickerten im abend; es waren freilich noch die sterne), und der zeit auf deiner armbanduhr, nach der du dich zu richten hattest – eine sehr verworrene sache, tja, aber was soll's? Es bleibt dir bloß diese blasse, auf rohe seide gemalte *siebenundsechzig*.

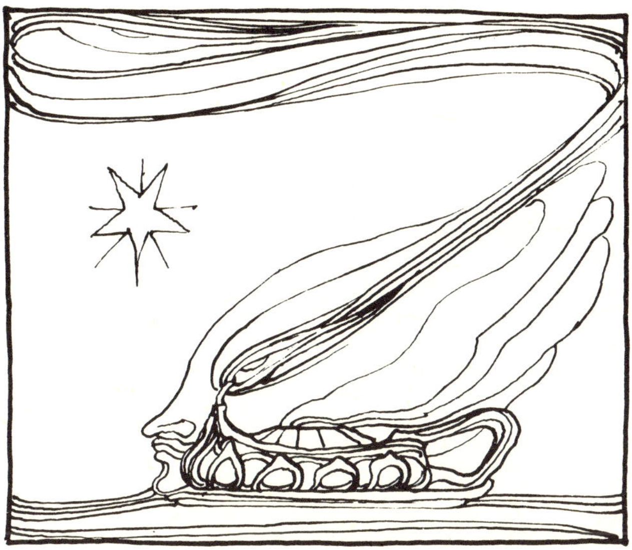

68

Träumt dir von einer schmiede, du stehst davor, bist ein hengst und wartest auf deine neuen schuhe, und es trabt eine stute vorüber, um deretwillen du dich mit einem satz losreißt, ihr nachsetzt und sie bespringst, und es kommt der schmied, ein mann mit schiefen augen, aus seiner zyklopischen flackerbude und spuckt feuer und pech, worauf ein verdorrter birnbaum in flammen aufgeht und so unerhört hochlodert, daß er sich mit der äußersten kante der sonne vereint, und es durchfährt deine vier schon bereiten hufeisen eine furcht, so gewaltig und stark, daß sie, als wären sie mit dir verbunden, fortgaloppieren, und es klirrt und klingt durch diesen heißen juli wie eine schwadron dragoner – dann wirf dich aus dem bett und lauf wie du bist (ganz gleich, ob in hemd oder pyjama) mit einer *achtundsechzig* in dein unglück.

69

Neunundsechzig ist ein glas portwein für eine portugiesin, meinetwegen für Manuela Dias, mit der du in träumen wie im wachen immer und immer wieder die nebentreppe eines pariser hotels hochkriechst.

70

Siebzig sollst du beachten, wenn du von der halbinsel Kola träumst. Dieser traum hat sich wie folgt abzuwickeln:
Du bist ein(e) kryptoschamane(schamanin), deine brust ist bärenhaft zottig (hermelinhaft glatt), dein gesicht breit und vom winter zerfurcht (breit und wie eine gelbe teerose), dein getränk reiner schnaps (oder warme milch von der wölfin), dein zauber weiß wie schnee (oder schwarz wie gewisse messergriffe) . . .
Nun wichtiges:
Der mond steht in irgendeiner nicht näher zu bestimmenden richtung des nordhimmels und die erdhütte, an die du mit der fußspitze klopfst, wird *noch nicht* geöffnet. Du wartest eine weile, dann beginnst du zu schamanisieren. Deine trommel wird sehr ferne gehört. Die polizei hört die trommel. Was denkt sie? Sie denkt übles. Sie läßt ab von tee und zigaretten, wirft sich in die schlitten und lädt die karabiner. Man nähert sich deiner trommel – werste, werste, werste –, aber da öffnet sich nun die erdhütte und du steigst hinein, du siehst die geister, du unterhandelst mit ihnen, du hältst ein arktisches palaver. Sie wollen würste machen aus deinem fleisch. Herr wurst, frau wurst (je nachdem). Sie zerreißen dich und machen wurst aus dir. Die polizisten kommen und finden keine geister, sie finden wurst. Polizisten finden niemals geister, sie finden schwarzschlachterwurst. Sie essen die wurst und

schwören einander, nichts davon zu verraten. Es sind ihrer elf und ein judas; der wird das seinige schon tun. Du aber erwachst in den magen der polizisten, fliehst durch ihren immer aufgerissenen mund, setzt dich wieder zusammen und liegst daheim in deinem bett.

71

Es gibt keinen traum für die ziffer *einundsiebzig* in diesem buch – ein luchs aus traum siebzig hat ihn zerrissen.

72

Sorglose träume bedeuten stets eine *zweiundsiebzig. Beispiel:* Sieben freunde ergehen sich in dem garten eines alten englischen klosters, zweifellos hat es ihnen dieser schöne, versonnte frühherbsttag angetan. Sie sind durchwegs zwergwüchsig und freuen sich ihrer buschigen backenbärte. Du kommst hinzu und wünschst ihnen einen *guten tag.* Einer von ihnen kennt dich aus dem zweiten weltkrieg. Er lädt dich ein, bei diesem spaziergang mitzuhalten. Du sagst nicht zweimal nein, du hast es schön, du kommst dir sehr groß vor &c. &c.

73

Träume von schönen nonnen und solchen, die es, das weiß man bereits, noch werden wollen, müssen in einem wintergarten mit palmen und orchideen vorsichgehen, ein gütiger butler muß champagner servieren, ein lord muß *ahem* sagen, eine lady ihre rose unter tausend anderen nicht mehr finden können, ein erfolgreicher jäger eintreten, ein tenor in alt-lage aus dieser beamtung abdanken und baß werden, ein kolibri vor einem verkleideten gorilla fliehen &c. &c. Trifft dies alles so ziemlich der reihenfolge nach ein, so wirst du die ziffern *sieben* und *drei* erhalten, welche du am besten gleich an einer diesigen fensterscheibe notierst.

74

Eine (einer) kommt im traum auf dich zu und ruft: *Ich muß dich vernaschen – sei mein!* Ist das nicht saublöd?! Setze in solchen fällen unbedingt eine *vierundsiebzig!*

75

Ein puma sitzt in einem traumbaum und sieht dich an . . . Wird er springen – wird er bleiben? Das zu überlegen hast du *fünfundsiebzig* herzschläge zeit.

76

Du hast dich in der guten stube eines freikirchlichen pfarrers niedergelassen, hast geschäfte mit ihm zu bereden, er ist eben auf einen sprung draußen, und da kriecht mit einem male eine riesenschlange aus der schreibtischlade – und da kommt wieder der pfarrer, sieht dein erschrockenes gesicht und sagt: Ja, die schlange war es, herr NN., die Adam und Heva verführte. Ich habe sie nun gefangen und so leidlich gezähmt, aber, wie sie sehen, werde ich ihrer nicht immer herr . . . Das ist ein traum, der zu denken gibt. Er spielt in einer noch näher zu bestimmenden schwedischen ortschaft, hat die farben orange, grau, blau und grün, eine zimmertemperatur von etwa 18 grad celsius und trägt in diesem buche die nummer *sechs und siebenzig*.

77

Allerleirauh hockt in ihrem hohlen weidenbaum, du träumst es, und ihre augen funkeln in der nacht wie die einer katze. Du bist (im traum) ein jäger, hast zwei hunde, einen hirschfänger und die unerläßliche flinte. Dein taschenkalender hat das jahr 1877 im titel, deine hunde verbellen Allerleirauh – sie ist noch nicht aufs jagdschloß des großfürsten gekommen. Der ganze traum hat in Rußland zu handeln, du hast getrunken, dein blut ist aufgeputscht (wenn man so sagen darf), eine hitze hat sich deiner in dieser juninacht bemächtigt, du kannst nichts dagegen unternehmen. Was tust du (im traum)? Du rufst deine beiden hunde, sie kuschen aufs wort. Du sprichst, indem du dich näherst: Allerleirauh Semjonowa, ich sehe dich in dieser weide, komm gutwillig heraus und lege dich mit mir aufs grüne moos, es ist juni, mein blut pocht . . . Und sie antwortet dir nicht. Und du sagst ihr: A&c. S&c., tu, was ich dich geheißen habe, sonst schicke ich dir die hunde! Und sie antwortet abermals nicht und du pfeifst auf den gerechten zorn des fürsten und läßt deine hunde gefährlich knurren. Da steigt sie aus dem baum und du nimmst ihr ihre kleidung aus hundert arten pelz und sie leuchtet wie ein gartenweg im mondlicht, den du ungesäumt betrittst. Und du schändest sie (im traum) und der großfürst hört ihr seufzen im traum und er erwacht (im traum) und tobt und zerschlägt gläser und wanduhren und seine mutter und großmutter werfen gebete gen himmel und fürchten um seinen verstand, aber du bist *siebenundsiebzig* werst davon entfernt, und diese zahl ist auch die nummer, die diesem traum einige bedeutung verleiht, obgleich das wie und wann von dir selbst zu errechnen ist.

78

Träumte dir, du erhieltest einen DIN A4 luftpostbrief aus Holland und du öffnetest ihn, worauf ein bunter hampelmann heraushüpfte und einen weitaus kleineren luftpostbrief in der rechten schwänge, sagend: *Dies ist das eigentliche schreiben, tuan, bitte öffnen sie es sofort!* – dann säume nicht viel, tu, was dir vom hampelmann geheißen und du wirst die glücksnummer dieses komischen traumes, nämlich eine *achtundsiebzig* (achtenzeventig) vorfinden.

79

Neunundsiebzig ist ein schuß vom turm einer kathedrale, welcher dir (im traum) als vorbeigehendem das gehirn aus dem gehäuse bläst. Ein erwachen mit kopfschmerzen.

80

Träumte dir hingegen, du wärest Defoes malträtierter Robinson, der große märtyrer der sexnöte, so säubere die jüngsten bäume deines eilandes von ihren rinden und schmiege dich zähneknirschend um die glatten, nacktgeschälten stämme, denn dieser traum ist ein *montag* und der future *freitag* weilt noch *achtzig* meilen fern hinter der hautfarbigen linie der sonnenaufgänge.

81

Träumte dir per unfall von dieser höchst eigenwilligen zahl, so sollst du sogleich deinen familiennamen ändern. Nun heißest du Knister, so nenne dich Kneister, und heißest du Quister, so nenne dich Queister, und heißest du Plister, so nenne dich Pleister &c. &c. mit grazie . . .
PS. Dieser absonderliche traum ist keinen schuß pulver wert und verursacht höchstens nach erwachen leichtes bauchgrimmen. Vgl. hiezu auch traum numero 79.

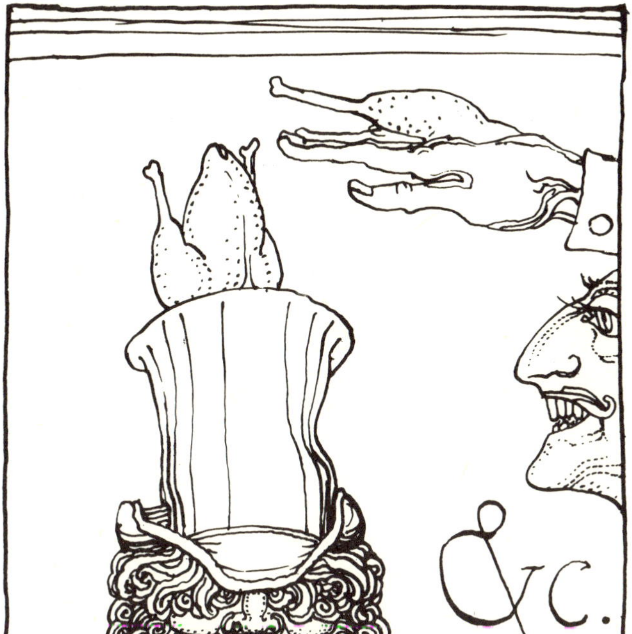

82

Wachsen dir in einem *traum vor mitternacht* die pfoten eines fox-terriers, so verbrenne in einem *traum nach mitternacht* dein bestes paar handschuhe und setze die summe, welche dich ein paar neuer kosten würde, *zweiundachtzig* mal hintereinander in der lotterie – du wirst dich wundern!

83

Träumt dir von vier maskierten Venezianerinnen, die dich an atlassenen bändern durch die reizende lagunenstadt geleiten und bemerkst du, daß du das rhinozeros des Pietro Longhi geworden bist – ein fettes, widerliches, fast blauschwarzes untier vom untersten Nil, ein nubisches monstrum, das gegenteil der zärtlichen schwalbe auf dem rechten mittelfinger der prinzessin – so betrachte dein *schweres* schicksal als unabwendbar und bete unverdrossen um ein baldiges erwachen und sei dennoch froh, wenn du hernach dein lager allein mit dem frühen morgen teilen solltest.

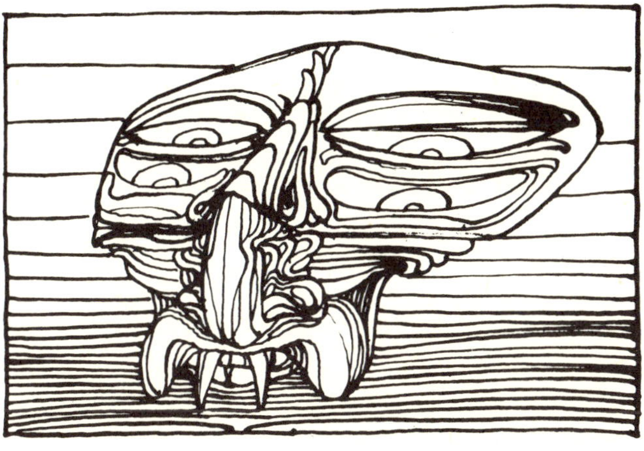

84

Ein k & k traum: Du siehst unseren alten Kaiser am schreibtische (ganz genau so wie auf der postkarte), er hat einen adelsbrief vor sich liegen, den er grade unterschreibt. Nun trittst du, *salva cum venio*, sachte hinter den Alten Herrn, guckst ihm neugierig über die himmelblaue schulter – und da steht es klipp und klar in schönster stechschrift: Hans Carl Zwonimir Artmann, Edler von Traumpichl . . . *Mein Gott, wie wird mir da? Das hab ich ja gar net verdient!*

(Der autor hat hier aus praktischen gründen seinen eigenen namen eingesetzt, dem geneigten leser aber sei's vergönnt, den seinigen mit gleichem prädikat zu lesen.)

Dieser traum ist ein untrügliches zeichen für eine zukünftige lotterieeinnehmerlizenz.

85

Dieser traum hat mit dem vorhergegangenen überhaupt nichts gemein — so ist es nun mal im leben . . . Über einem dachfirst im norden Englands schwebt, ohne zutun von aufgeblasenen alligatoren, Hermes, der gott der diebe und kinoagioteure, du aber (zweigeteilt) bist das gewaltige flügelpaar zur linken und zur rechten seines raumfahrerhelms. Erregt diese eher sklavische beamtung in deiner *noch nicht existenten* seele bitteren unmut, so murmle zwischen deinen *noch nicht existenten* zähnen eine lamaistische beschwörung wie etwa: *Nong-a-čen-pa-nyi! nong-a-čen-pa-nyi!* — und du wirst zu einem schönen, schwarzweißgefiederten storch werden und der geträumte Hermes wird in den nächstbesten schornstein stürzen, ein feiner sonntagsbraten für die arme familie unter dir . . . Du aber baue ruhig dein nest auf diesem haus, dessen besitzern nach *fünfundachtzig* tagen ein kind wird geboren werden. Alsdann wechsle dein gefieder mit dem körperchen des babys und wachse heran zum meisterlichsten aller diebe und kinoagioteure, den der norden Englands je gesehen.

86

Mann, ick brenne! Traumhafter ausruf eines durstigen vor Pohlmanns Gaststätte in der Kantstraße. Sprich ein *vivat* für den wackeren löschmeister.

87

Ein traum führt dich nach einbruch einer absoluten dunkelheit in einen vorort der stadt Philadelphia, wo du dem aus London verreisten Jack the Ripper begegnest. Aus einer nische tritt er auf dich zu und bittet dich scheinheilig um feuer für seine zigarre oder, wenn du eine frau bist, um deinen lippenstift, was dich in diesem falle sehr in schrecken versetzt, zumal ein rechter mann doch dieses *femininen* utensils kaum bedarf – aber da fühlst du auch schon den brennend scharfen schmerz im bauch – des Rippers kalter stahl sucht seinen weg durch fleisch und blut, du ächzst, du taumelst, stürzest . . . der Ripper sucht betreten das weite, rennt und keucht . . . und fünfzehn zwergenhafte äbtissinnen, drei russische hammerwerferinnen, vier junge schönheiten aus Neu-Kaledonien, eine grüne fee aus den wolken des Jupiter, neunzehn weibliche werwölfe, ein super-girl aus Graz, sieben sechzehnjährige schwiegertöchter namens Linda, ein star mit 'ner rostigen pistole, zwölf vergnügte odalisken in herrenanzügen, sieben alte eiskunstläuferinnen mit muffs, eine hinreißend schöne stute aus Derby, neun engel ohne pflanzenschutzmittel, drei siamkatzen, eine blondine mit blutigen händen und drei polizistinnen in blauen ausgehuniformen kriechen aus deinem geöffneten leib hervor, um diesen gefährlichen mörder quer durch den kontinent zu verfolgen. Dieser greuliche traum ist indessen vollkommen harmlos und bedeutet für den kommenden morgen eine lustige nachricht oder eine kleinere geldsendung oder einen unsichtbaren spaziergang durch ein damensonnenbad.

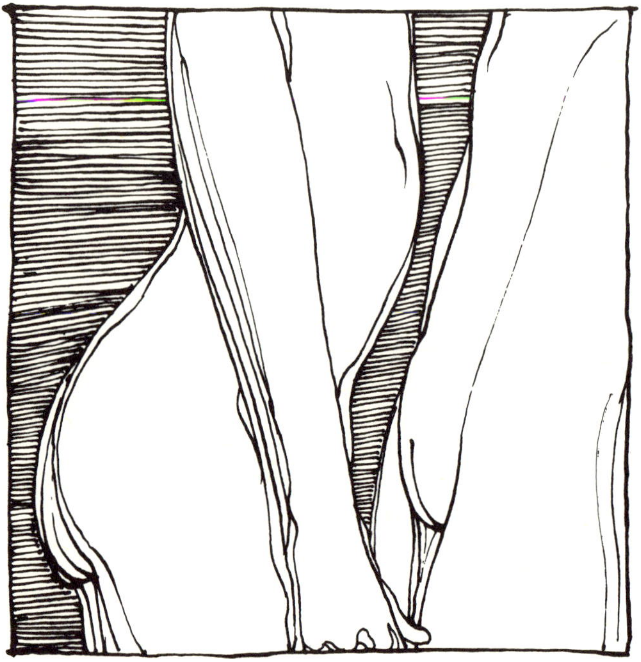

88

Daß das reisen auf dem rücken eines walfisches besonders zum träumen anregt, berichtet bereits in der *naturalis historia* der ältere Plinius. Hast du nun nach einem geträumten schiffbruch deine zuflucht auf einem solchen fontänenträger gefunden, dann schicke die zutraulichen vögel des Ozeans aus, auf daß sie dir erde brächten, schnäbelchenweise, so wird dir das solcherart herangeschaffte erdreich mit der zeit für einen kleinen garten genügen. Alsdann schicke die guten vögel um rosenableger aus. Diese pflanze in die angesammelte erde, damit sie dir zu schönen großen stöcken erwüchsen. Schnuppert nun der walfisch den bezaubernden duft der vollen blüten, wird ihn ankommen eine starke sehnsucht nach den langentbehrten meerweibern; und er wird seinen weg ändern, wird sich in die gegend zwischen Rosalind Bk. und Pedro Bk. begeben. Dort aber wirst du dein schon längst vorbereitetes netz auswerfen, denn des walfisches sehnsucht steckt nun auch in dir . . . Doch anstatt drei, werden sich *achtundachtzig* meerweiber in deinen maschen verfangen, die karibische see wird mächtig toben, der wal wird umkippen wie ein beiboot, der garten samt den rosenstöcken wird versinken in der aufgebrachten nacht der wogen. Du aber rettest dich vor diesem maritimen harem in den traum nummer

89

welcher dir ebenfalls eine heidenangst verursachen wird, denn *neunundachtzig* jahre bist du geworden und nun steht der todesengel, ein tadellos angezogener, gutaussehender mensch vor deiner wohnungstür. Er liest dein namensschild, er klingelt . . . *Du:* Wer ist draußen? Ich habe keine hosen an . . . *Engel:* Mein name ist Schnurzraphel, ich möchte sie gerne sprechen . . . *Du:* Warten sie doch bitte einen augenblick, ich muß mir bloß meine hosen anziehen . . . *Engel:* Ach was, genieren sie sich nicht, ich hab schon milliarden ohne beinkleider angetroffen! *Du:* Das mag schon sein, aber ich habe auch keine unterhosen an. Wer sind sie denn eigentlich? *Engel:* Ich bin Schnurzraphel, der engel des todes, und komme, um sie zu einer kleinen spazierfahrt einzuladen . . . *Du:* Du lieber himmel, nein nein nein, das geht doch nicht, ich habe ja gar keine hosen an!
Mit diesem schrecklichen ausruf wirst du schweißgebadet, aber bedeutend jünger erwachen.

90

O ihr träumer von träumen, ihr träumtet nie, was ich träumte, und ich träume nie, was ihr träumt, und ihr werdet nie träumen, was ich träumen werde, denn ich träume meine träume und ihr träumt die euren.